Sept comme Setteur

Patrick Senécal

Sept comme Setteur

roman d'épouvante

LES ÉDITIONS DE LA BAGNOLE
Collection **GAZOLINE**

Conception graphique et mise en pages : Folio infographie
Révision et correction d'épreuves : Annie Pronovost
et Richard Roch
Collaboration spéciale : Ève Christian
Illustration : Stéphane Desmeules
Photo : Karine Patry

John C. Goodwin et Associés, 839, rue Sherbrooke Est, bureau 200,
Montréal (Québec), H2L 1K6, Canada www.agencegoodwin.com

ISBN 978-2-923342-15-3
Dépôt légal 2007
Bibliothèque et Archives nationales du Québec
Bibliothèque nationale du Canada

Les Éditions de la Bagnole
Case postale 88090
Longueuil (Québec) J4H 4C8
www.leseditionsdelabagnole.com

Les Éditions de la Bagnole reconnaissent l'aide financière du
gouvernement du Canada par l'entremise du Programme d'aide au
développement de l'industrie de l'édition (PADIÉ) pour leurs
activités d'édition. Les Éditions de la Bagnole remercient de leur
soutien financier le Conseil des Arts du Canada et la Société de
développement des entreprises culturelles du Québec (SODEC).
Les Éditions de la Bagnole bénéficient du Programme de crédit
d'impôt pour l'édition de livres du gouvernement du Québec, géré
par la SODEC.

À Nathan et Romy,
promesse tenue.

Chapitre un
Un Noël enlevant

—Il arrive quand, le père Noël? demanda Rom.

Elle était assise à la table avec son frère Nat et ses parents. Ils avaient terminé la dinde et en étaient maintenant au dessert, une succulente bûche remplie de crème glacée et recouverte de chocolat. Dehors, une fine neige tombait dans la nuit. Ambiance parfaite pour Noël. L'immense sapin tout décoré et illuminé, dans un coin du salon, attendait les cadeaux du père Noël. Rom, la bouche pleine de gâteau, commençait à manifester son impatience et regardait souvent vers le foyer du salon en soupirant.

—Est-ce qu'il va arriver bientôt?

—Sois patiente un peu, Rom! lui dit Nat d'un ton sérieux.

Comme il avait huit ans, il voulait donner l'exemple à sa petite sœur de six ans, ce qui, parfois, exaspérait la fillette. Mère Sof, après avoir pris une gorgée de son café, consulta l'horloge en souriant.

—Il n'est que six heures et demie! dit-elle. Le père Noël n'arrive jamais chez nous avant huit heures, vous le savez bien.

Nat oublia qu'il était le grand frère et s'impatienta à son tour:

—On... on... on va devoir attendre encore u... u... une heure et demie? s'écria-t-il.

Chaque fois qu'il s'énervait ou s'excitait, le jeune garçon bégayait.

—Doucement, Nat, fais des petits paquets de mots et mets du vent dans ta voix, lui dit sa mère.

Il s'agissait là de trucs qu'on donnait à Nat pour l'empêcher de bégayer. Il prit donc une grande respiration et dit plus lentement:

—Mais une heure et demie, c'est encore long!

—On a de la chance, lui rappela sa mère. Chez certains enfants, le père Noël passe encore plus tard, parfois même à minuit!

—On pourrait jouer à un jeu de société! proposa Papa Pat qui terminait son second morceau de gâteau.

Papa Pat était un maniaque des jeux de société. Il en achetait régulièrement, au grand découragement de son amoureuse, Mère Sof.

—On joue aux Colons de Catane! proposa Rom.

—On joue à Scotland Yard! lança Nat.

—Non, aux Colons de Catane!

—Non, à Scotland Yard !

—Je l'ai dit en premier !

—Mais c'est moi le plus grand !

Papa Pat décocha un regard agacé vers son amoureuse. Mère Sof, plus patiente, était sur le point de dire quelque chose lorsqu'un bruit fit taire tout le monde. C'était un grattement qui provenait du foyer. On voyait même de la suie tomber de la cheminée sur les bûches calcinées.

—Il arrive, il arrive ! s'écrièrent les deux enfants en bondissant dans le salon, fous de joie.

Mère Sof se leva, étonnée que le père Noël arrive si tôt. Papa Pat se leva aussi, déçu à l'idée qu'ils n'allaient pas jouer à Citadelles, son jeu préféré. Nat tenait les biscuits, et Rom, le verre de lait. Dans la cheminée, les grattements s'intensifiaient. Les deux enfants, trépignant d'impatience, se bousculaient pour être le plus près possible du foyer.

—Il faut donner le lait en premier, il va avoir soif ! s'énervait Rom.

—Mais non, il... il... il va avoir surtout f... f... faim ! s'indignait Nat en poussant sa sœur.

Les parents secouèrent la tête en soupirant. Chaque année, c'était les mêmes jérémiades[1] ! Le bruit dans la cheminée devint plus fort, et les deux chamailleurs s'immobilisèrent enfin en retenant

---

1. Plaintes, lamentations.

leur souffle, leurs grands yeux écarquillés[2] tournés vers le foyer.

Tadam! Le père Noël apparut enfin dans un nuage de suie. Les enfants poussèrent des «youpi!» enthousiastes.

—Voici tes biscuits, père Noël! lui dit Nat.

—Et ton lait aussi! ajouta Rom.

Papa Pat et Mère Sof se tenaient à l'écart, collés l'un contre l'autre, attendris par ce beau spectacle. Le père Noël, lui, examinait les deux enfants sans réagir, silencieux. Son regard était bizarre, comme si le vieil homme n'était pas de bonne humeur. Il tenait son sac sur son épaule, un sac qui semblait… vide?

—Tu n'as pas de cadeaux dans ton sac, père Noël? s'étonna Nat.

Tout à coup, d'un geste large et brutal, le père Noël balaya de sa grosse main les biscuits et le verre de lait, qui volèrent en l'air et se répandirent sur le plancher. Les enfants en demeurèrent pétrifiés[3] de stupeur[4]. Mère Sof s'avança rapidement en demandant ce qui se passait. Aussitôt, le vieil homme la poussa dans le sapin qui s'écroula sur elle.

------

2. Très grand ouverts.
3. Paralysés.
4. Étonnement profond.

—Mais arrêtez, vous êtes fou ! se fâcha Papa Pat.

Il se lança vers le père Noël dans l'intention de l'immobiliser, mais le vieil homme le leva littéralement de terre et le propulsa au loin, comme s'il ne s'agissait que d'un simple sac de sable. Tête première, Papa Pat percuta le mur avec tant de force qu'il s'évanouit.

—Nat, Rom ! criait Mère Sof, coincée entre les branches du sapin. Sauvez-vous, vite ! Il est méchant, *très* méchant !

Mais Nat et Rom étaient paralysés, trop estomaqués pour bouger le petit doigt, la bouche grande ouverte, les yeux remplis de points d'interrogation. Ce n'est que lorsque le père Noël tourna son visage menaçant vers eux qu'ils poussèrent enfin des cris de terreur. Ils se sauvèrent vers la cuisine, mais le vieillard attrapa Nat par le gilet de son pyjama, le souleva et voulut le mettre dans son grand sac. Nat, en couinant[5], se débattait avec énergie, et le père Noël avait bien du mal à pousser l'enfant au fond du sac. Rom intervint. Elle attaqua le méchant homme à coups de poing dans le dos.

—Laisse mon frère tranquille ! criait-elle.

Le père Noël lui donna une claque en plein visage. Rom tomba au sol, étourdie, la joue toute

---

5. En faisant entendre des cris brefs et aigus.

rouge. Le père Noël réussit enfin à pousser Nat au fond du sac qu'il referma. Mère Sof, toujours prise sous le lourd sapin, poussa un cri de détresse. Le vieil homme se dirigeait maintenant vers Rom pour l'attraper.

—Non! Non! Laissez mes enfants tranquilles! criait Mère Sof.

Rom, sur le sol, pleurnichait en regardant le père Noël s'approcher. Elle remarqua alors qu'il portait une chaînette au bout de laquelle était suspendu un énorme **7** en or. La fillette n'avait jamais vu pareil pendentif auparavant. Elle leva les mains pour se protéger... Papa Pat reprenait conscience. Il ouvrit les yeux, se frotta la tête en marmonnant:

—Qu'est-ce... qu'est-ce qui se passe?

Le père Noël, sur le point d'attraper la fillette, s'arrêta. Il jeta un coup d'œil embêté vers le père puis, en poussant un sifflement de déception qui ressemblait au sifflement d'un serpent, il saisit son sac et bondit vers le foyer. Mère Sof tenta de lui agripper une jambe au passage, mais en vain. À toute vitesse, il remonta dans la cheminée, tandis que Nat, prisonnier dans le sac, appelait à l'aide.

Rom, sans enfiler de manteau, sortit dehors à toute vitesse. Une seule phrase tournait dans sa tête: «Ce n'est pas le vrai père Noël, ce n'est pas possible...» Elle leva son visage fouetté par le vent vers le toit de la maison et vit le père Noël monter dans son traîneau avec Nat qui criait toujours dans le sac. Au même moment, Papa Pat et Mère Sof, affolés, rejoignirent leur fille. Sur le toit, les rennes s'envolèrent et, au bout de quelques secondes, le traîneau disparut dans le ciel rempli d'étoiles. Mère Sof tomba à genoux dans la neige et fondit en larmes. Papa Pat se prit la tête à deux mains, désespéré.

Rom regardait toujours le ciel. Puisqu'il y avait le traîneau et les rennes, cela prouvait que c'était bel et bien le vrai père Noël.

* * *

Le lendemain, à la télévision, on annonça que le père Noël avait enlevé quarante-trois enfants dans tout le Québec. Les policiers s'étaient rendus au pôle Nord, mais le vieillard n'était pas chez lui. La police le cherchait partout, mais n'arrivait pas à le trouver.

Personne ne comprenait plus rien. Où se cachait donc le père Noël ? Pourquoi avait-il enlevé tous ces petits garçons et ces petites filles ? Pourquoi était-il devenu si méchant ? Et surtout, que faisait-il avec les enfants ?

Les semaines passèrent. Rom ne reconnaissait plus ses parents. Mère Sof, qui était psychologue, avait cessé de travailler. Elle passait ses journées couchée dans son lit, mais elle ne dormait pas.

Comment pourrait-elle dormir alors qu'on avait enlevé son fils? Elle se contentait de fixer le plafond, vidée de toute énergie, de toute joie de vivre. Parfois, Rom allait la voir et s'asseyait près d'elle sur le lit. Mère Sof lui jouait dans les cheveux, le visage lointain, et demandait :

— On a retrouvé Nat ?

Rom secouait la tête. Alors sa maman se remettait à pleurer. Elle pleurait si souvent que la fillette se demandait comment son corps pouvait encore produire des larmes.

Quand sa mère pleurait trop, Rom descendait et allait voir son père dans son bureau. Normalement, Papa Pat, qui était écrivain, pianotait avec entrain sur son ordinateur. Mais depuis la disparition de Nat, Papa Pat demeurait immobile sur sa chaise, à fixer d'un air absent l'écran de son ordinateur. Il ne se rasait plus, ne se lavait plus. Rom lui demandait parfois :

— Qu'est-ce que tu fais ?

— J'écris.

Mais il n'écrivait rien.

Une fois, par contre, Rom était entrée dans son bureau, et Papa Pat était en train d'écrire. Rassurée à l'idée que son père eût enfin retrouvé le goût du travail, elle s'était approchée pour voir ce qu'il écrivait. Sur l'écran, elle n'avait lu que ces deux seuls mots, répétés sans cesse :

« Reviens Nat… Reviens Nat… Reviens Nat… Reviens Nat… »

Rom avait regardé son père avec inquiétude. Mais Papa Pat, comme hypnotisé[6], continuait d'écrire son message désespéré. La fillette était sortie de la pièce en silence.

Rom elle-même pleurait souvent, ne jouait plus avec ses amies. À l'école, elle se concentrait de moins en moins et commençait à avoir de mauvaises notes. Mais ce n'était pas de sa faute : elle pensait sans cesse à son frère, chaque jour, chaque heure, chaque minute…

Un soir du mois de mars, trois mois après la disparition de Nat, Rom trouva son père et sa mère qui pleuraient ensemble dans la chambre à coucher.

— Peut-être que Nat est mort ! sanglotait Mère Sof. Je n'en peux plus, c'est trop affreux !

Papa Pat la serrait contre lui, trop triste pour parler. Même si elle se sentait elle-même découragée, Rom voulut donner de l'espoir à ses parents et proclama avec assurance :

— Je suis sûre que Nat n'est pas mort ! On va le retrouver, vous allez voir !

---

6. Figé sur place.

Chapitre deux

Nat en cage

Nat se demandait bien où il était. Enfin, il savait qu'il se trouvait dans une cage, mais rien de plus. Et une cage pas bien grande : il pouvait à peine s'y tenir debout et faire quelques pas. Un vieux matelas puant lui servait de lit.

Quand il regardait entre les barreaux, il voyait les autres cages, empilées les unes sur les autres, et chacune renfermait un enfant qui avait été enlevé par le père Noël. Ils se trouvaient tous dans une immense salle obscure en ciment, éclairée faiblement par des lumières crasseuses suspendues au plafond. Il y avait de longues fentes dans les murs, remplies de chauves-souris. Parfois, elles s'envolaient toutes en même temps et tournoyaient autour des cages en poussant des couinements aigus, ce qui terrifiait les enfants. Une immense horloge, toute ronde et plus haute qu'un adulte, était appuyée contre le mur. Ses aiguilles indiquaient toujours sept heures et dix minutes.

Durant les premiers jours, les prisonniers se parlèrent souvent entre eux. Ils essayaient de comprendre où ils étaient, pourquoi le père Noël les avait enlevés. Mais personne n'avait de réponse. Souvent, des sanglots résonnaient dans la grande pièce, amplifiés par l'écho sinistre[1]. Et quand les enfants ne pleuraient pas, on entendait constamment un bruit sourd et mécanique, comme si un moteur, pas très loin, fonctionnait toute la journée. Nat préférait ne pas imaginer quelle machine pouvait produire ce vrombissement peu rassurant.

Les jours, puis les semaines passèrent. Le plus dur, c'est qu'il n'y avait rien à faire dans ces cages. Pas un jouet, pas un livre, c'était terrible, à devenir fou ! De temps en temps, des personnages étranges et inquiétants entraient dans la salle. Nat avait ainsi revu le père Noël, mais surtout ce lapin géant, tout blanc avec de larges pattes et de grandes oreilles poilues, très élégant dans son habit trois pièces[2] et son noeud papillon. En temps normal, il aurait eu l'air d'un gentil toutou touffu, mais son regard était troublant, et ses grandes dents semblaient toujours prêtes à mordre. Et il y avait aussi cette femme magnifique aux longs cheveux blonds et brillants,

---

1. Effrayant.
2. Costume composé d'un pantalon, d'un veston et d'un gilet.

vêtue d'une robe rose soyeuse[3] et coiffée d'un chapeau pointu recouvert d'étoiles. Sûrement une fée. Mais une fée qui paraissait bien méchante et qui avait sur le visage la même expression insolite[4] que celle de ses deux complices. Le lapin géant et la fée portaient tous deux un pendentif, un **7** en or, comme celui du père Noël. Nat se demandait ce que cela pouvait bien signifier.

Il y avait un autre personnage encore plus terrifiant que les autres: un homme affreux, habillé de vieux vêtements sales et déchirés, avec une grosse barbe noire, des dents jaunes et pointues et des yeux rouges. Il s'approchait parfois des cages pour distribuer la nourriture. Et quelle nourriture! De la viande crue, si molle qu'on s'étouffait presque en la mastiquant, et de l'eau tellement gluante qu'elle donnait envie de vomir! Mais il fallait bien manger et boire si l'on voulait survivre!

—Qui... qui... qui êtes-vous? demandait souvent Nat à l'inconnu, tellement nerveux qu'il en bégayait. Pou... pou... pourquoi sommes-nous ici? Que... que... que va-t-il nous a... a... arriver?

—Que... que... que va-t-il nous a... a... arriver! répétait le méchant homme pour rire de Nat. Tais-toi, vaurien!

---

3. Douce et brillante comme de la soie.
4. Bizarre.

Et il s'éloignait sans répondre, sortant par une porte au fond de la salle. Les enfants étaient de nouveau seuls et malheureux, entourés des centaines de chauve-souris immobiles et lugubres[6].

Nat se calmait, mettait beaucoup de vent dans sa gorge pour ne pas bégayer et stimulait les autres :

—Ne désespérez pas ! Nous allons nous en sortir ! Vous allez voir !

Mais plus le temps passait, plus Nat se décourageait. Il en avait assez de ne rien faire ! Un jour que le barbu passait devant sa cage, il lui demanda :

—Est-ce que je peux avoir du papier et des crayons, pour passer le temps ?

Le méchant homme hésita, puis finit par lui donner du papier et un seul crayon noir. Nat fit des dessins pour passer le temps. Il dessinait surtout sa famille, sa maison… et cela lui faisait monter les larmes aux yeux. Il se promettait que, s'il les revoyait un jour, il serait toujours gentil, ne désobéirait plus jamais à ses parents et n'agacerait plus jamais sa sœur chérie ! Mais ses parents le cherchaient-ils… ou le croyaient-ils mort ? Peut-être avaient-ils abandonné toutes recherches… Cette idée causait d'horribles cauchemars au pauvre garçon.

6. Inquiétantes.

Les journées s'écoulaient, tristes et sans espoir. L'horloge sur le mur indiquait toujours sept heures et dix. Elle devait être brisée. Depuis combien de temps étaient-ils tous prisonniers ici ? Deux mois ? Trois ? Le jeune garçon n'en avait aucune idée.

Puis arriva une journée particulière. Nat était en train de dessiner toute sa famille quand un bruit attira son attention. De l'autre côté de sa cage, tout près des barreaux, le lapin géant poussait un énorme chariot rempli d'œufs en chocolat. Nat réfléchit : est-ce que c'était déjà Pâques ? Et est-ce que cela voulait dire que ce lapin était le lapin de Pâques ? Il serait donc devenu méchant lui aussi ? Ce serait terrible !

Et cette femme blonde qui ressemble à une fée, que Nat avait vue quelques fois dans la salle, est-ce qu'elle pourrait être...

Au loin, la voix du méchant barbu éclata :

— Hé, lapin, viens ici un moment ! T'as oublié un coco !

Le lapin s'éloigna et laissa le chariot devant la cage de Nat. Celui-ci examina les œufs en chocolat. Ils étaient gros comme des ballons de soccer, et il y en avait beaucoup, sûrement des dizaines. Et sur chacun d'eux, un trou avait été percé. Pourquoi donc ? Nat entendait de drôles de grognements provenant des cocos, comme s'ils renfermaient quelque chose de vivant. Les trous servaient-ils à faire respirer les… les choses dans les œufs ?

Nat remarqua aussi que, sur chaque œuf, il y avait un petit carton sur lequel une adresse était inscrite. L'une d'entre elles attira son attention : 946, Félix-Jean, Mont-Saint-Allaire. C'était son adresse, l'adresse de ses parents ! On allait porter cet œuf chez lui, pour sa sœur Rom !

Nat se mit à trembler. C'était sûrement un piège, ces œufs étaient sans doute dangereux ! Mais en même temps, le jeune garçon se dit qu'il pourrait peut-être en profiter pour entrer en contact avec sa sœur… Il eut alors une idée.

Au loin, au fond de la pièce obscure, le lapin revenait vers le chariot. Nat devait se dépêcher. À toute vitesse, il écrivit un message sur le dessin qu'il venait de faire, il le roula et s'empressa de le glisser dans le trou de l'œuf. À l'intérieur, le grognement morbide[7] se fit entendre avec plus de force. Au même moment, le lapin reprit sa place derrière le chariot et le poussa devant lui vers la sortie de la salle. Nat soupira : une seconde de plus, et il se faisait prendre !

— Qu'est-ce que tu as fait ? demanda une petite voix.

C'était Juliette, une fillette de sept ans qui se trouvait dans une cage tout près. Elle avait vu Nat

---

7. Anormal, malsain.

glisser le message dans l'œuf. Au fil des semaines, les deux enfants étaient devenus amis à force de se parler et de se remonter le moral.

— Ne t'en fais pas, je crois que nous allons être sauvés bientôt! lui dit Nat. J'ai prévenu ma sœur Rom!

Le visage de Juliette, appuyé contre les barreaux, se remplit d'espoir, et elle commença à prévenir les enfants dans les autres cages. Mais le méchant barbu entra soudain dans la pièce et cria de sa voix assourdissante:

— Qu'est-ce que c'est que ces jacasseries[8]? De quoi parlez-vous tous?

Les prisonniers gardèrent le silence, aucun ne répondit.

— Puisque vous êtes si turbulents, vous ne mangerez pas ce soir! annonça le barbu.

Et il s'éloigna en riant. Les enfants gémirent de découragement.

— Tu es sûr que ta sœur va avoir ton message? demanda Juliette.

Assis au fond de sa cage, Nat n'osait pas répondre. Rom aurait sans doute le message, mais il avait surtout peur de ce qui se cachait dans les œufs...

---

8. Bavardage inutile.

Chapitre trois
Terreur chocolatée

C'était le mois d'avril. La neige fondait, et les enfants avaient enfin sorti leur vélo.

En cette journée de Pâques, Papa Pat et Mère Sof n'avaient pas le cœur à la fête, loin de là. Quatre interminables mois s'étaient écoulés depuis l'enlèvement de Nat par le père Noël, et toujours aucune nouvelle de lui. La police avait fait beaucoup de recherches, elle avait questionné les voisins, avait même rendu plusieurs autres visites au pôle Nord, mais en vain : aucune trace des gamins enlevés, ni du père Noël.

Rom et ses parents revenaient du restaurant en voiture. En fait, c'est Rom qui les avait convaincus d'aller au resto, car ils ne sortaient plus de la maison depuis des semaines. D'ailleurs, le repas avait été bien triste. Papa Pat et Mère Sof avaient mangé en silence. Tandis qu'ils revenaient vers la maison, Rom, assise sur la banquette arrière de la voiture, demanda :

—Est-ce que le lapin de Pâques a déposé les œufs à la maison ?

— C'est ce qu'on va voir en arrivant, ma chouette, répondit Mère Sof sans enthousiasme.

— Pâques sans Nat, ce ne sera pas pareil, ajouta la fillette.

Ses parents ne dirent rien, mais leur visage se tordit de tristesse. Pour changer de sujet, Rom dit :

— Si je mange beaucoup de chocolat, ça va peut-être faire tomber ma dent qui branle.

En effet, depuis trois semaines, elle avait une première dent de bébé qui branlait. Mais elle refusait de tomber, et Rom commençait à en avoir assez. Parfois, elle avait carrément envie de l'arracher de force. Mais elle ne le faisait pas de peur d'avoir mal…

Papa Pat et Mère Sof ne disaient toujours rien. Rom demanda :

— On va faire quoi, aujourd'hui ?

Papa Pat haussa les épaules, tourna sur la rue Félix-Jean et marmonna d'une voix sans entrain :

— Tu pourrais essayer de faire du vélo à deux roues. J'ai enlevé tes petites roues il y a une semaine, et tu n'as même pas encore essayé.

— Mais j'ai peur !

— Et ça donne quoi, d'avoir peur, hein ? répliqua son père d'une voix sèche.

Rom se recroquevilla sur son banc, intimidée. Papa Pat se frotta les yeux en soupirant et reporta son attention sur la route. Il était très impatient depuis que son fils avait disparu. Ah! Si l'on pouvait retrouver Nat pour que la vie redevienne comme avant...

Ils arrivèrent enfin à la maison. Pendant que son père stationnait la voiture, Rom vit les gros œufs de Pâques multicolores sur le terrain.

—Le lapin de Pâques est passé! s'écria-t-elle.

Elle bondit hors de la voiture et courut sur le terrain. Papa Pat, en sortant à son tour, tendit l'oreille en fronçant les sourcils. Il avait l'impression d'entendre des bruits étranges qui provenaient de plus loin sur la rue.

—Tu entends, Pat? demanda Mère Sof. On dirait des enfants qui crient...

Rom, elle, était trop excitée pour entendre quoi que ce soit. Il n'y avait pas un œuf, mais deux! Pour elle toute seule!

Non... Il y en avait sûrement un pour Nat... Mais Nat avait disparu... Rom sentit toute sa joie s'envoler d'un seul coup.

Un craquement se fit entendre. Un œuf était en train d'éclore! Mais voyons, ça ne s'ouvre pas tout seul, les œufs de Pâques! Ce sont les enfants qui les cassent! Rom avait-elle reçu des œufs magiques?

Elle se pencha vers le coco. À l'intérieur, une forme noire bougeait, de gros yeux rouges la regardaient, tandis qu'une forte odeur de chocolat fusait de la cavité. Qu'est-ce que c'était donc ? Rom tendit son doigt, curieuse.

Au même moment, Andy, le petit voisin, passa dans la rue en courant. Il hurlait de toutes ses forces, fou de peur. Rom vit que quelque chose lui courait après, comme un chien... Mais ce n'était pas un chien : c'était tout noir, avec des griffes et de grosses dents... Et ça grognait comme un animal sauvage.

—Qu'est-ce que c'est que ça ? balbutia Papa Pat.

Il voulut rattraper Andy pour le sauver de ce qui le poursuivait, mais le cri de sa fille le stoppa net. La bête à l'intérieur de l'œuf venait de mordre le doigt de Rom ! La fillette retira sa main au moment où la forme bondissait hors de l'œuf. C'était un poussin en chocolat, mais difforme, avec deux yeux méchants et un petit bec rempli de dents pointues.

—Rom ! crièrent Papa Pat et Mère Sof.

L'oisillon, en poussant un cri de vieille roue rouillée, sauta sur la main de Rom et referma son bec dessus. Rom cria de nouveau et secoua sa main au bout de laquelle s'accrochaient les dents du petit monstre. Mère Sof se saisit de l'oiseau et tira de toutes ses forces, mais il n'y avait rien à faire.

—Tiens bon, Rom, je reviens ! cria Papa Pat en courant vers le garage.

— Tire, maman, tire! criait Rom.

— C'est ce que je fais!

Mère Sof tirait, tirait encore... mais le monstre lui glissa des mains, et elle tomba sur le sol. Rom se mit à courir partout en secouant sa main. Non seulement le poussin ne lâchait pas prise, mais ses dents s'enfonçaient de plus en plus dans la chair de la fillette. Alors, Rom poussa un long cri et propulsa la créature contre le tronc d'un grand érable. Le petit monstre explosa en mille morceaux de chocolat.

Mère Sof s'approcha de sa fille et examina sa main : il y avait du sang, mais pas trop.

— Ça va, ma petite chouette?

Rom avait mal, mais elle ne pleurait pas; elle était trop abasourdie par ce qui se passait. Papa Pat revenait en courant avec sa pelle de jardin dans les mains. Au même moment, Den, le papa d'Andy, passa dans la rue, affolé.

— Où est Andy? demanda-t-il, le souffle court.

— Il est passé par là, répondit Rom. Il était poursuivi par un...

Mais Den s'était déjà remis à courir. Plus loin dans la rue, les cris et les grognements se faisaient entendre avec de plus en plus d'intensité.

— Il faut mettre un pansement sur ta main blessée! dit Mère Sof.

De nouveau, un craquement. Oh non! L'autre œuf était aussi en train de s'ouvrir! Mère Sof et

Rom reculèrent, effrayées. Lentement, une petite tête monstrueuse aux gros yeux rouges surgit de l'œuf. La fillette réussit à reconnaître un chien en chocolat, mais si difforme, si horrible qu'il semblait sortir d'un cauchemar. L'animal ouvrit sa gueule dégoulinante de bave et laissa sortir une langue gluante et recouverte de boutons. Mais le chien n'eut pas le temps de surgir complètement de l'oeuf car Papa Pat lui asséna un grand coup de pelle. Une partie de la tête en chocolat fut pulvérisée[1], mais le chien continuait de bouger, ouvrant sa gueule à moitié arrachée et fixant Rom de son seul œil encore valide[2], prêt à attaquer. En grimaçant de dégoût, Papa Pat frappa encore et, cette fois, la tête au complet fut écrabouillée.

— Mais qu'est-ce qui se passe ? s'énerva Papa Pat en essuyant le chocolat qui avait giclé sur son visage.

Dans la rue, c'était la panique : Camilla, Willy, Charlot, Max, Aria, tous les amis de Rom qui habitaient tout près, couraient dans la rue en criant, poursuivis par une dizaine d'animaux en chocolat. Il y avait des poussins, des poules, des lapins et des chiens, mais tous déformés, tous monstrueux, comme si un savant fou les avait

----

1. Complètement détruite.
2. En bonne santé.

modifiés. Ça n'allait pas se passer comme ça! Rom devait les aider!

Oubliant complètement la douleur à sa main blessée et oubliant surtout qu'elle ne savait pas encore conduire à deux roues, elle sauta sur son vélo et pédala à toute allure dans la rue. Elle roula vers les monstres qui poursuivaient ses amis et, tandis qu'elle s'approchait, elle distinguait de chaque côté de la rue, sur les terrains des maisons, des scènes de panique : Pam, sa voisine de onze ans, était montée dans un arbre et appelait au secours, tandis que trois bibittes en chocolat tentaient de l'attraper ; Linda, la maman d'Aria, sautait à pieds joints sur les œufs qui étaient sur le point d'éclore… Enfin, Rom rattrapa les petits monstres et… sproutch! Elle écrasa une poule avec son vélo! Les pattes de l'oiseau se coincèrent dans la roue avant, et la poule tourna autour de la roue à une vitesse folle, tandis qu'elle se déchiquetait. Voilà, un de moins! Rom accéléra et se mit à écraser les autres créatures! Sproutch! Elle écrabouilla un chien! Sproutch! Elle transforma en bouillie le ventre d'un lapin! Sproutch! Sproutch! Sproutch! Elle réduisit trois poussins en purée de chocolat! Ses pneus étaient recouverts de chocolat, et des gouttelettes noires éclaboussaient sa belle blouse blanche. Mère Sof ne serait pas contente! Mais il fallait écraser toutes ces sales bêtes! Sproutch!

Sproutch! Une autre, une autre et une autre! La rue était maintenant recouverte d'une quinzaine de flaques noires desquelles surgissaient encore quelques becs et quelques pattes. Rom réussit à exterminer tous les petits monstres! Ses amis, rassurés, cessèrent enfin de courir. Rom retourna rapidement chez elle et réalisa tout à coup qu'elle était maintenant capable de faire du vélo à deux roues! Ça alors!

Lorsqu'elle descendit de sa bicyclette, Papa Pat et Mère Sof coururent vers elle, inquiets. Mais Rom allait bien, outre sa main blessée qui lui faisait un peu mal. D'ailleurs, Mère Sof s'empressa de la désinfecter et de lui faire un pansement.

Dans le quartier, les policiers arrivèrent enfin. Ils se rassemblèrent avec les parents et les enfants dans la rue pour discuter. Certains gamins étaient blessés aux mains ou aux mollets. Tout le monde posait des questions en même temps. Est-ce que le lapin de Pâques était devenu méchant, comme le père Noël? Les policiers essayaient de calmer tout le monde, mais en vain[3].

Tandis que le voisinage s'énervait, Rom s'approcha prudemment des deux œufs maintenant vides restés sur son terrain, pour être certaine qu'il n'y avait plus de danger. Dans celui qui n'était pas

3. Inutilement.

écrasé, elle crut voir une feuille de papier. Étonnée, elle ramassa une branche d'arbre cassée, réussit à sortir le papier de l'œuf. C'était un dessin qui représentait une famille.

Elle comprit tout de suite que c'était Nat qui avait dessiné cette famille, *sa* famille ! Tout excitée, Rom retourna le papier et découvrit ce message :

La fillette poussa un petit cri de surprise : Nat était vivant, elle en était sûre ! Elle voulut d'abord en parler à Mère Sof et à Papa Pat, puis changea d'idée : Nat avait demandé de l'aide à elle, sa sœur ! Si elle parlait à ses parents, ils ne la laisseraient pas faire car ils seraient trop inquiets. Elle allait donc agir seule !

Elle s'isola dans sa petite cabane derrière la maison pour réfléchir tranquille. Nat lui conseillait de suivre soit le lapin de Pâques, soit la fée des dents. Comme le lapin de Pâques était déjà passé, et qu'on ne l'avait pas vu, Rom devrait donc suivre la fée des dents. Mais pour cela, elle devait faire venir la fée, et le seul moyen pour la faire apparaître était de perdre une dent. Rom avait bien une dent qui branlait, mais elle ne pouvait tout de même pas attendre qu'elle tombe ! Ce serait trop long, et il serait peut-être trop tard pour sauver Nat !

Elle eut alors une idée. Une idée terrible qui allait lui demander beaucoup de courage...

Chapitre quatre
Folle fée

Tandis que Papa Pat et Mère Sof préparaient le souper, Rom se trouvait toute seule au sous-sol. Elle tenait dans sa main droite un bout de ficelle. L'autre bout était attaché à sa dent branlante. Elle voulait tirer sur la ficelle de toutes ses forces pour arracher sa dent. En aurait-elle le courage? Elle avait peur que cela fasse bien mal.

Mais elle devait le faire! Pour son grand frère!

Elle ferma les yeux. Elle compterait dans sa tête jusqu'à dix et tirerait sur la ficelle, d'un seul coup! Allez, Rom, courage!

Elle compta: 1, 2, 3, 4, 5, 6... 7... 8... 8 et demi...

Courage, Rom, courage!

... 9... et 10!

Tchoc! Dans un furtif[1] pincement de souffrance, sa dent s'arracha sans difficulté et tomba sur le plancher, tel un petit caillou tout blanc. Rom réussit même à ne pas crier! D'ailleurs, la douleur avait été

---

1. Discret, rapide.

minime! Il y avait un peu de sang dans sa bouche, mais quelques gouttes à peine! Rom ramassa sa dent et la contempla avec fierté: la fée des dents allait venir! Super! Rom la suivrait, comme Nat avait dit de le faire dans son message, et elle retrouverait son frère! Elle monta l'escalier en criant à ses parents:

— Maman, papa! Ma dent est enfin tombée!

* * *

Rom avait placé sa dent sous son oreiller. Elle était couchée depuis deux heures et elle ne dormait toujours pas. En fait, elle ne voulait pas dormir: elle devait être éveillée lorsque la fée des dents apparaîtrait. Car si elle était devenue aussi dangereuse que le père Noël et le lapin de Pâques, il fallait être prudente! La fillette serrait donc Mimi, sa poupée de chiffon, contre son cœur pour se donner du courage.

Tout à l'heure, ses parents étaient venus l'embrasser en lui souhaitant bonne nuit. Aussitôt qu'ils étaient sortis de la chambre, la fillette s'était levée, avait enlevé son pyjama, puis avait enfilé un jeans, un t-shirt, un manteau et des souliers. Ainsi, elle était prête! La maison était maintenant silencieuse; Papa Pat et Mère Sof devaient écouter un film au sous-sol.

Le temps passait. Rom en profita pour réfléchir aux derniers événements: le père Noël qui kidnappe des enfants, le lapin de Pâques qui donne des œufs contenant des monstres, et maintenant la fée des dents qui serait dangereuse... Mais que se passait-il donc?

Rom avait de plus en plus de difficulté à demeurer éveillée, ses beaux yeux pers commençaient même à se fermer... Pour ne pas s'endormir, elle se leva et écrivit un message à ses parents. Comme elle n'était qu'en première année du primaire et ne connaissait pas encore beaucoup de mots, elle écrivit une seule phrase, courte mais claire.

Tout à coup, une sorte de nuage lumineux apparut dans la chambre. La fée des dents! Elle arrivait! Vite, Rom sauta dans son lit, remonta sa couverture jusqu'au menton et ferma les yeux. En fait, elle ne les ferma pas complètement, elle les garda légèrement entrouverts, juste assez pour voir ce qui se passait. Elle fit même semblant de ronfler comme Papa Pat.

À travers ses paupières mi-closes, elle vit le nuage disparaître peu à peu tandis qu'une femme, dans une grande robe rose, apparaissait. Elle avait de longs cheveux blonds, un visage d'une grande beauté... mais il y avait une lueur méchante dans son regard. Dans sa main droite, elle tenait une pince.

Rom retint son souffle, mais elle ne bougea pas et continua de faire semblant de dormir. Elle serra

Mimi avec plus de force. La fée se pencha silencieusement vers le lit, le regard fou, sa bouche déformée en un rictus[2] mauvais. Rom, malgré sa peur, remarqua que la fée portait un pendentif, un **7** en or. Comme celui du père Noël !

La pince s'approchait de plus en plus, et Rom comprit enfin : la fée n'était pas venue chercher sa dent, elle était venue lui arracher toutes celles qui lui restaient !

La fillette ouvrit les yeux et poussa un cri. Mais la fée, rapide comme l'éclair, s'installa sur Rom pour l'empêcher de se relever. De sa main libre, la méchante femme ouvrit de force les lèvres de l'enfant. Rom était incapable de se débattre, écrasée par le poids de la fée. Avec horreur, elle sentit la pince entrer dans sa bouche et vit la lueur de satisfaction dans le regard de la fée... La méchante se saisit d'une dent, commença à tirer... Non, non, pas mes dents, non !

Rom mordit de toutes ses forces les doigts qui tenaient ses lèvres écartées. Un goût de sang emplit sa bouche tandis que la fée poussait un hurlement de douleur. De ses deux pieds, la fillette poussa la femme qui tomba à la renverse, sur le dos. Rom se leva debout dans son lit, cracha le sang qu'elle avait dans la bouche et poussa un long cri :

---

2. Expression grimaçante.

— Au secours!

La fée se releva d'un bond et dressa sa pince haut dans les airs, comme prête à frapper Rom... mais tout à coup, des voix se firent entendre en provenance du rez-de-chaussée:

— Rom? Qu'est-ce qui se passe? Rom?

Papa Pat et Mère Sof! Ils arrivaient! En sifflant de déception, la fée recula au centre de la pièce, tandis que le nuage lumineux se formait à nouveau autour d'elle. Elle finit par disparaître, mais le nuage, lui, flottait toujours. Rom repensa au message de son frère, à la phrase qui disait: «*Rom, tu dois suivre le lapin de Pâques ou la fée des dents!*» Alors, elle prit sa décision: elle sauta dans le nuage qui commençait à s'évaporer et, peu à peu, elle disparut à son tour.

Mère Sof et Papa Pat firent irruption dans la chambre. Affolés, ils cherchèrent Rom partout puis trouvèrent le message qu'elle avait écrit un peu plus tôt:

Je suis partie sover Nat !

Chapitre cinq
L'horrible monsieur Setteur

En entrant dans le nuage, Rom eut l'impression que tout se désintégrait autour d'elle, comme si elle tombait dans un immense trou noir. Cette sensation dura plusieurs secondes, et elle se dit qu'elle n'aurait peut-être pas dû entrer dans ce nuage… quand, peu à peu, le décor réapparut autour d'elle et, de nouveau, elle sentit le sol sous ses pieds.

Elle se trouvait maintenant dans une rue de campagne, en pleine nuit. Où donc le nuage l'avait-il transportée ?

Elle vit devant elle, pas très loin, la fée des dents qui s'éloignait. Ouf! La fée ne s'était pas rendu compte que Rom l'avait suivie dans le nuage! Rapidement, la fillette se cacha derrière un arbre.

La fée se dirigeait vers une maison isolée, en pleine campagne. Elle s'approcha de la porte, frappa, puis on la fit entrer au bout de quelques secondes.

Rom se mit à réfléchir. Que devait-elle faire? Devait-elle entrer dans cette habitation inconnue? En pleine nuit, c'était plutôt apeurant… Mais peut-

être Nat et les autres enfants y étaient prisonniers !
Elle devait y aller !

Prenant son courage à deux mains, la fillette marcha vers la maison. Aucune lumière ne provenait de l'intérieur, mais plus elle approchait, plus Rom trouvait la demeure vraiment sinistre : tout en bois noir et craquelé, avec des fenêtres sales bouchées par de vieux rideaux… Comment la fée des dents pouvait-elle habiter un endroit si lugubre ?

Devant la porte, elle hésita une seconde, puis tourna la poignée : ce n'était pas verrouillé ! Elle ouvrit et entra.

La maison était silencieuse et plongée dans la noirceur. Rom avait peur de la noirceur : elle avait l'impression que des créatures cachées l'espionnaient, tapies[1] dans les ténèbres[2]. À force de toucher toutes sortes de choses autour d'elle, elle finit enfin par dénicher une lampe qu'elle alluma.

À deux centimètres de son visage se trouvait une tête de mort ! Elle recula d'un bond en criant. La tête de mort était posée sur une étagère ; on l'avait posée là en guise de bibelot. La fillette jeta des regards terrifiés autour d'elle. Elle se trouvait dans un salon, mais il y avait des têtes de squelette partout ! Là, sur la table, un crâne servait de cendrier !

---

1. Cachées.
2. L'obscurité profonde.

Et là, cette autre tête de mort qu'on utilisait comme plat à biscuits! Cinq crânes formaient une pyramide sur cette petite table! Même l'ampoule qu'elle venait d'allumer se trouvait à l'intérieur d'une face de squelette!

Rom se calma rapidement. Après tout, des têtes de mort, ça ne pouvait faire de mal à personne puisqu'elles étaient mortes! Mais tout de même, quel épouvantable décor! Elle remarqua alors une horloge sur le mur qui indiquait sept heures quarante minutes. Pourtant, on était en pleine nuit. L'horloge devait être brisée. Rom aperçut un second petit cadran sur une table, et les aiguilles indiquaient sept heures vingt. Deux horloges brisées, quel hasard! Et toutes les deux affichaient deux mauvaises heures différentes…

Tout à coup, Rom entendit des pas. Elle se tourna vers la porte de la cave: quelqu'un montait l'escalier! Que devait-elle faire? Se sauver? Attendre de voir qui allait apparaître? Les pas étaient accompagnés d'une respiration très forte, très rauque, vraiment pas rassurante. «Sauve-toi!» se dit la fillette. Mais la porte de la cave s'ouvrit au même instant, et un homme apparut. Il était très gros, portait une barbe noire toute sale, et deux yeux rouges brillaient au milieu de son visage hideux.

— C'est toi qui a crié? grogna-t-il. Qui t'a permis d'entrer dans ma maison?

Rom ne savait que dire et tremblait comme une feuille. L'homme ouvrit un placard et en sortit... une hache! Une grosse hache coupante, dont la lame était tachée de rouge! La terreur de Rom explosa avec tant de violence qu'elle trouva enfin la force de s'enfuir.

—Attends que je t'attrape! criait l'homme qui la poursuivait. Je vais te découper en morceaux, petite fouineuse[3]!

Rom courait vers la porte, si épouvantée qu'elle croyait que son cœur allait exploser. Elle aurait voulu crier, mais la panique l'empêchait d'émettre le moindre son. Et même si elle criait, personne ne pourrait l'entendre dans cette campagne déserte, Papa Pat et Mère Sof étaient trop loin! Elle sentait que le barbu la rattrapait. Elle allait sentir la hache lui traverser le dos d'une seconde à l'autre... « Mon Dieu, c'est un cauchemar, je vais me réveiller, il faut que je me réveille! »

Elle traversa la porte à toute allure et courut vers la rue. Et c'est à ce moment qu'elle se rendit compte qu'elle n'entendait plus rien derrière elle. Surprise, elle jeta un coup d'œil dans son dos. L'homme à la hache se tenait dans l'embrasure de la porte. Il ne bougeait pas et la regardait avec envie, comme s'il voulait sortir mais qu'il ne le pouvait pas. Il brandit

---

3. Curieuse.

sa hache dans les airs et se contenta de crier à la fillette :

—Si je te revois, sale petite peste, tu vas avoir affaire à moi !

Rom, qui s'était arrêtée, fixait l'homme, ahurie[4]. Mais pourquoi ne sortait-il pas pour la poursuivre ? Vraiment étrange… Il poussa un dernier rugissement, puis referma la porte.

Tandis qu'elle marchait dans la rue, Rom réfléchit : quelque chose devait empêcher cet homme de sortir, mais quoi ?

En tout cas, Nat et les autres enfants devaient sans doute se trouver prisonniers dans cette maison… Mais comment y entrer sans se faire prendre ?

Des lumières brillaient au loin. C'était sans doute la ville la plus proche. Malgré son immense fatigue, elle se mit en marche. Peut-être que là, elle pourrait trouver des renseignements sur cet homme affreux.

Elle marcha dans le noir durant une bonne heure, sans se décourager, malgré ses petites jambes qui commençaient à lui faire mal. Pour se donner du courage, elle pensait à Nat.

Lorsqu'elle atteignit la ville, elle se rendit compte qu'elle ne connaissait pas du tout cet endroit. Et il

---

4. Surprise.

n'y avait personne dans les rues car, évidemment, tout le monde était couché. Était-elle loin de sa maison? Cette idée la déprima quelque peu. Elle devait dormir, elle était trop fatiguée pour décider quoi que ce soit. Elle trouva un parc, se dénicha un petit coin de gazon épais derrière un buisson puis se coucha.

Elle s'endormit en vingt-quatre secondes exactement mais, hélas! elle rêva à l'immonde[5] barbu qui lui courait après avec sa hache...

* * *

Elle se réveilla assez tard dans la matinée. Elle se leva, le corps recouvert de gazon, les vêtements froissés. Il y avait des gens et des voitures dans la rue mais personne dans le parc. Elle en profita pour se cacher derrière le buisson et faire pipi.

Elle devait maintenant trouver des renseignements sur l'homme de la nuit dernière et monter un plan d'attaque pour sauver son frère. Mais elle n'arrivait pas à réfléchir car elle avait trop faim. Elle devait manger. Sauf qu'elle n'avait pas d'argent pour acheter de la nourriture... Que faire?

Deux vieilles dames passaient sur le trottoir en discutant. Rom eut une idée. Elle s'approcha, toute souriante.

---

5. Dégoûtant.

—Bonjour. Je suis en première année et je ramasse de l'argent pour l'activité de fin d'année de mon école. Vous pourriez m'encourager en me donnant un peu de sous?

Les deux dames, ravies, ébouriffèrent les cheveux de la fillette.

—Quelle charmante petite fille! dit l'une d'entre elles en fouillant dans son sac à main. Comment t'appelles-tu?

—Rom, madame.

—Tiens, ma belle Rom! Voici deux dollars!

—Moi aussi je te donne deux dollars, voilà! ajouta l'autre petite vieille.

Rom prit l'argent et remercia les deux dames. Elle se sentait un peu coupable de leur mentir, mais elle avait de bonnes raisons, quand même. Et puis, cela lui faisait du bien de voir enfin des gens gentils.

Rom se mit à la recherche d'un magasin. Comme c'était le lundi de Pâques, la plupart étaient fermés. Mais elle en dénicha enfin un ouvert, dont l'affiche annonçait: «Boulangerie de Drummondville». Elle était donc à Drummondville, la ville de ses grands-parents! Mais ceux-ci ne pouvaient pas l'aider, puisqu'ils étaient partis en voyage. Tant pis, elle se débrouillerait seule.

Elle entra dans la boulangerie.

Derrière le comptoir, un homme moustachu servait une cliente, et tous deux discutaient comme s'ils se connaissaient. Rom s'approcha du comptoir et dut se hisser sur la pointe des pieds pour se faire voir du commis.

—Je pourrais avoir une chocolatine et un verre de jus d'orange, s'il vous plaît ?

L'homme lui donna ce qu'elle demandait. Elle le paya et se régala, tout heureuse de remplir son petit bedon bien vide. Elle qui n'avait droit à des chocolatines que la fin de semaine, voilà qu'elle en mangeait une un lundi ! Elle pensa aussitôt à ses parents qui devaient être morts d'inquiétude. Elle devait se dépêcher de délivrer Nat et de rentrer à la maison.

—Habites-tu dans le coin ? demanda le commis. Tandis qu'elle mastiquait une bouchée de chocolatine, Rom réfléchit à toute vitesse pour trouver une réponse vraisemblable[6] ; elle avala et répondit enfin :

—Ma maman et moi, on s'en va à Québec et on s'est arrêtées à Drummondville pour prendre une petite pause. Elle m'attend dans l'auto.

Elle eut alors une idée et inventa l'histoire suivante :

—D'ailleurs, on s'est arrêtées tout à l'heure devant une grande maison bien laide et tout en bois, à l'extérieur de la ville, pour demander des

---

6. Qui peut être vraie, semble possible.

indications. Le monsieur qui nous a répondu était barbu et très malpoli.

Le commis et la cliente se regardèrent, presque effrayés. Le commis dit enfin :

—Ça, c'est monsieur Setteur… Un homme très désagréable. Personne ne l'aime ici.

Rom tendit l'oreille. Elle allait enfin en apprendre un peu plus sur son adversaire.

—Il habite ici depuis longtemps ? demanda-t-elle.

—Pas tellement, non, répondit la cliente. Je me souviens, il est arrivé ici l'été dernier, peu de temps après ce terrible événement sur le boulevard Saint-Joseph, en face du restaurant Jucep. Un malheur n'arrive jamais seul !

—Pourquoi personne ne l'aime ?

La cliente répondit :

—Quand il est en ville, il ne parle à personne, bouscule tout le monde et s'amuse à faire peur aux enfants. Il en a même déjà frappé quelques-uns !

—Heureusement, on ne le voit pas souvent, ajouta le commis. Il ne sort de sa maison qu'après sept heures du soir.

—Pourquoi ? demanda Rom.

—On ne sait pas, fit le commis. Tout ce qu'on sait, c'est qu'il ne sort de chez lui qu'entre sept et huit heures du soir.

—Peut-être qu'à huit heures, il se transforme en citrouille, comme dans *Cendrillon*! dit la cliente.

Les deux adultes éclatèrent de rire. Rom, elle, ne riait pas, songeuse. Elle déposa sa bouteille de jus vide sur le comptoir.

—Merci, monsieur, lança-t-elle en marchant vers la porte. Au revoir, madame!

Une fois dehors, Rom alla s'asseoir sur un banc de parc pour réfléchir à tout cela.

Un horrible monsieur barbu... qui garde des petits enfants prisonniers dans sa maison... Il s'appelle Setteur... et il sort de chez lui toujours entre sept et huit heures du soir...

Rom se rappelait que cette nuit, quand Setteur l'avait poursuivie avec sa hache, il n'était pas sorti de sa maison, comme s'il était effrayé par l'extérieur... Mais pourquoi ne pouvait-il sortir qu'entre sept et huit heures du soir?

Et ce nom, Setteur...

Rom poussa un petit cri de surprise et se leva d'un bond. Elle venait de comprendre qui était ce mystérieux Setteur!

Chapitre six
Les pendentifs maléfiques

—Vous êtes le bonhomme Sept-Heures! cria Nat à travers les barreaux.

L'affreux barbu, qui se promenait devant les cages des prisonniers, s'arrêta et tourna un visage ahuri vers Nat.

—Qu'est-ce que tu racontes? demanda le méchant homme.

Dans les petites prisons, tous les enfants, qui étaient en train de manger leur dégoûtante viande crue, cessèrent de mastiquer et écoutèrent avec étonnement.

—Vous... vous... vous... vous êtes méchant et vous en... en... en...

Nat se calma et prit de grandes respirations. Puis, plus lentement, il expliqua :

—Vous êtes méchant et vous enlevez les petits enfants! L'autre jour, j'ai entendu le lapin de Pâques vous appeler monsieur Setteur... Setteur, ça ressemble à Sept-Heures, n'est-ce pas? Et votre horloge, là-bas, elle indique toujours sept heures dix!

Tous les enfants regardèrent vers l'immense horloge dont la petite aiguille était toujours sur le sept, et la grande, toujours sur le dix. Nat continua :

— Je croyais que l'horloge était brisée, mais c'est vous qui l'avez arrêtée à sept heures dix ! Parce que vous existez seulement entre sept et huit heures ! Comme le bonhomme Sept-Heures !

L'homme barbu fronça les sourcils en hochant la tête.

— Tu es intelligent, toi, marmonna-t-il à Nat. Très intelligent...

— J'ai raison, n'est-ce pas ? fit Nat.

— Oui ! cria le méchant homme avec fierté. Je suis le bonhomme Sept-Heures ! Ha, ha, ha !

Son rire résonna dans la sombre salle. Mais plusieurs enfants semblaient plus curieux qu'effrayés.

— C'est quoi, ça, le bonhomme Sept-Heures ? demanda l'un d'eux.

— Je n'en ai jamais entendu parler, ajouta une fillette.

Le bonhomme Sept-Heures serra les poings de rage.

— C'est ça, le problème ! cria-t-il avec rancœur. Plus personne ne croit en moi ! Avant, il y a de cela plusieurs années, tous les parents parlaient de moi à leurs enfants ! Ils leur disaient que s'ils ne terminaient par leur souper ou s'ils se couchaient trop tard, le bonhomme Sept-Heures viendrait les enlever ! Et j'en ai enlevé, des gamins et des gamines dans le temps, croyez-moi ! Ah ! J'étais la terreur de tous les enfants ! C'était la belle vie !

Il eut un petit sourire nostalgique[1], comme s'il se rappelait de son glorieux passé. Mais rapidement, la colère revint sur les traits du méchant homme, et il se promena devant les enfants qui, maintenant alarmés, reculaient au fond de leur cage.

— Mais aujourd'hui, plus aucun parent ne parle de moi à ses enfants, cria-t-il. Alors, plus aucun enfant ne me connaît, sauf quelques-uns !

— Moi, je vous connais, dit Nat, parce que mon papa m'a parlé de vous. Mais il m'a toujours dit que vous n'existiez pas !

— Eh bien, il se trompait, nom d'un os ! Et comme plus aucun parent ne m'appelle pour punir ses enfants, je ne peux plus aller vous enlever moi-même ! Vous savez ce qui est le plus choquant ? C'est que vous croyez au père Noël, au lapin de Pâques et à la fée des dents ! Mais pas à *moi* ! Alors, j'ai décidé de me venger...

Il tourna la tête vers le fond de la salle et appela :

---

1. Qui regrette le passé.

—Père Noël! Lapin de Pâques! Fée des dents! Venez ici tout de suite! Et que ça saute!

Les trois interpellés s'approchèrent en silence. Leurs yeux étaient méchants, mais ils avaient aussi une drôle d'expression, comme s'ils n'étaient pas très conscients de ce qui se passait autour d'eux. Le bonhomme Sept-Heures désigna d'un geste fier ses trois complices.

—J'ai engagé ceux que les enfants aiment le plus pour m'aider! Le lapin de Pâques, chaque année, créera des animaux en chocolat très dangereux! Et la fée des dents, désormais, arrache les dents des enfants endormis!

—Et que fait-elle avec toutes ces dents? demanda Juliette.

La fée des dents sortit de sa poche un bricolage: c'était un cœur fabriqué avec… des dents d'enfants!

—Elle fabrique des cœurs que nous enverrons à toutes les mamans à la fête des mères! répondit Setteur avec un rire terrible. Des cœurs fabriqués avec les dents de leurs chers enfants!

Nat, furieux, s'écria:

—Vous êtes mons… mons… monstrueux!

—Oui, mons… mons… monstrueux! se moqua Setteur.

Nat devait se calmer. Il ferma les yeux et prit de grandes respirations. Quand il fut plus en contrôle, il demanda:

—Et qu'allez-vous faire de nous?

Le méchant bonhomme regarda les quarante-trois enfants devant lui et expliqua:

—Ne craignez rien. À Noël prochain, vous retournerez tous chez vous...

Tous les prisonniers poussèrent des soupirs de soulagement. Mais le bonhomme Sept-Heures ajouta en montrant ses dents:

—Mais vous serez tous morts.

—Morts? crièrent les enfants, épouvantés.

—Oui, morts! Vous serez tous emballés dans de beaux cadeaux que le père Noël ira déposer sous le sapin de votre maison! Imaginez la réaction de vos parents quand ils déballeront les boîtes! Joyeux Noël à tous!

Il éclata de rire encore une fois, un rire si affreux que plusieurs chauves-souris, cachées dans les fissures des murs, s'envolèrent d'un coup en émettant des cris si terribles qu'on aurait dit qu'elles ricanaient elles aussi. Les enfants se mirent à pleurer, consternés à l'idée qu'ils allaient tous mourir d'ici le prochain Noël. Nat, lui, demeurait calme et réfléchissait en observant le lapin, la fée et le père Noël. Tous les trois étaient vraiment étranges, comme s'ils étaient hypnotisés, ou quelque chose du genre. Et pourquoi acceptaient-ils d'obéir au méchant Setteur, eux qui normalement aimaient les enfants? Est-ce que cela avait un lien avec ces curieux **7** en or qu'ils portaient au cou ?

— L'heure de ma vengeance a sonné ! clamait le bonhomme Sept-Heures en levant les bras au ciel. Je serai de nouveau la terreur des enfants, jusqu'à la fin des temps ! Fini, les beaux Noël ! Fini, les Pâques heureuses ! Fini, les cadeaux de la fée des dents ! À partir de maintenant, c'est le règne de la terreur du bonhomme Sept-Heures !

Les gamins redoublèrent leurs pleurs, plusieurs appelaient leurs parents à l'aide. Setteur dit au père Noël :

— Ça suffit, nom d'un os ! Fais-les taire, maintenant !

Le père Noël, qui tenait un grand bâton de métal, s'approcha des cages et donna des coups secs sur les barreaux. Les enfants cessèrent de pleurer et reculèrent.

Aussitôt, Nat glissa sa main entre les barreaux et attrapa le pendentif du père Noël. Il le tira vers le haut dans l'intention de le lui enlever, mais le bonhomme Sept-Heures, affolé, repoussa le père Noël loin de la cage, et Nat fut obligé de lâcher le **7** avant d'avoir eu le temps de l'enlever. Enragé, Setteur agrippa Nat par le collet.

— Ne touche pas à ça, toi !

— C'est ça qui rend le père Noël, la fée et le lapin méchants, hein ? rétorqua Nat qui n'avait pas peur.

Ce sont des bijoux magiques que vous avez fabriqués, n'est-ce pas?

Le bonhomme Sept-Heures, tout près de Nat, marmonna:

—Toi, tu comprends un peu trop vite à mon goût... Et en plus...

Il plissa les yeux, comme s'il remarquait quelque chose, et approcha encore davantage sa tête de la cage. Nat, qui ne pouvait se dégager de son étreinte, fut frappé par l'haleine atroce du méchant homme, comme si Setteur avait mangé des rats morts.

—En plus, continua le barbu, tu ressembles à une petite fille qui est venue fouiller dans ma maison, la nuit dernière...

Nat se retint pour ne pas crier: Rom! Rom avait retrouvé sa trace! En voyant la joie envahir le visage du garçon, le bonhomme Sept-Heures retroussa ses lèvres, et ses yeux devinrent aussi rouges que le feu.

—C'est ta sœur, n'est-ce pas, sale morveux[2]? grogna-t-il. Comment a-t-elle trouvé cet endroit, hein? Réponds!

Nat, malgré sa peur, garda la bouche fermée. Tous les autres enfants observaient la scène, angoissés. Le bonhomme Sept-Heures approcha son visage tout près de celui de l'enfant, et la puan-

---

2. Jeune prétentieux.

teur de son haleine devint si forte que Nat eut envie de vomir.

— De toute façon, elle ne réussira pas à te sauver, dit le méchant homme. Ni toi, ni aucun autre enfant…

Il poussa Nat au fond de la cage, se redressa et cria à tous :

— À Noël prochain, je vous tuerai tous, et vous finirez dans des boîtes emballées !

Et en riant, il marcha vers la porte, suivi de ses trois complices qui demeuraient silencieux.

— C'est vrai que ta sœur nous a retrouvés ? demanda l'un des gamins à Nat.

— Elle va nous sauver ? demanda Juliette.

Nat, au fond de sa cage, bouleversé par la scène qu'il venait de vivre, marmonna d'une voix convaincue :

— Oui, elle va nous sauver !

Et il ajouta, la voix plus faible :

— En tout cas, je l'espère…

Dans sa tête, il appela sa sœur de toutes ses forces.

Chapitre sept

La cave de tous les dangers

Depuis un bon moment, Rom était cachée derrière un buisson, face à la maison du bonhomme Sept-Heures. Comme Setteur ne pouvait faire ses courses qu'entre sept et huit heures du soir, la fillette attendait qu'il sorte de chez lui le soir venu. Quand il irait en ville, elle en profiterait pour entrer dans la maison.

Plus tôt dans la journée, Rom était allée prévenir la police de ce qui se passait, mais les policiers ne l'avaient évidemment pas crue, puisque plus personne ne croyait au bonhomme Sept-Heures. Le chef de police lui avait même dit :

— D'ailleurs, qu'est-ce qu'une petite fille comme toi fait toute seule, comme ça, en ville, loin de chez elle ? Allez, nous allons te reconduire chez tes parents…

Ah, non ! pas question que Rom abandonne son frère ! Elle s'était donc sauvée à toutes jambes vers la sortie du poste de police, tandis que le chef criait à ses hommes :

— Hé ! Arrêtez cette petite fille !

Un gros policier s'était mis devant la porte en ouvrant les bras. Mais Rom s'était jetée à genoux en baissant la tête et avait glissé le long du plancher, entre les jambes du policier stupéfait. De l'autre côté, elle s'était relevée, était sortie du poste et avait déguerpi[1] tandis qu'elle entendait plein de policiers sortir pour la rattraper. Elle s'était cachée dans une poubelle puante, remplie de macaronis froids et de vieux Kleenex, et n'avait pas bougé pendant deux heures. Enfin, elle était sortie de sa cachette. Elle puait vraiment beaucoup, mais au moins, elle avait échappé aux policiers. Elle était revenue à la maison de Setteur et s'était cachée en attendant la fin de la journée.

Derrière le buisson, elle commençait à en avoir assez. Elle regarda vers le ciel et vit que le soleil baissait de plus en plus. Il devait être sept heures du soir, maintenant, non ?

Comme pour répondre à sa question, la porte s'ouvrit, et l'affreux bonhomme Sept-Heures sortit, avec sa grosse barbe hirsute[2] et ses vêtements sombres. Rom baissa la tête pour ne pas se faire voir. Setteur monta dans sa voiture, une vieille bagnole toute rouillée, puis démarra. Lorsque le véhicule fut bien loin sur la route, Rom sortit de sa

---

1. Parti à toute vitesse.
2. Très fournie et en désordre.

cachette et courut vers la maison, tout excitée à l'idée de délivrer son frère adoré.

Elle voulut ouvrir la porte : verrouillée. Et elle n'était pas assez forte pour briser la serrure. Elle tenta d'ouvrir les fenêtres : impossible. Comment allait-elle entrer ? Pas question de se décourager ! Elle fit le tour de la maison en l'examinant attentivement. À l'arrière, elle découvrit qu'une des fenêtres crasseuses de la cave était entrouverte, juste assez pour laisser passer son corps de fillette de six ans. Pendant une seconde, cette idée lui fit très peur, et elle songea même à retourner rapidement chez elle, dans les bras de Papa Pat et de Mère Sof. Mais elle ne pouvait pas abandonner son frère ! Prenant son courage à deux mains, elle s'agenouilla au sol et se faufila par la fenêtre.

Boum ! Elle tomba sur les fesses sur un plancher de ciment, mais elle ne se fit pas vraiment mal. Elle se trouvait dans une petite pièce peu éclairée, remplie de morceaux de bois, d'outils et de pots de peinture. Sûrement une pièce de débarras. Il y avait deux portes : l'une à gauche, et l'autre, à droite. Elle choisit pour commencer celle de gauche et l'entrouvrit légèrement.

De l'autre côté se trouvait une grande pièce vide, à l'exception d'une large table devant laquelle était assise la fée des dents. Elle était très concentrée à faire du bricolage avec de petits morceaux étranges que Rom, derrière la porte, n'arrivait pas à distinguer nettement. L'un des bricolages tomba alors sur le plancher et se brisa. La fée n'y porta aucune attention, mais l'un des petits morceaux roula jusqu'à la porte où se tenait Rom. La fillette put ainsi mieux voir de quoi il s'agissait. C'était petit, blanc, et il y avait un peu de sang dessus... C'était une dent! Quelle horreur!

Cependant, il n'y avait aucune trace de Nat, ni de personne d'autre. Rom referma donc doucement la porte, puis ouvrit la seconde, celle sur sa droite.

La pièce de l'autre côté était plus grande, en métal et éclairée par de multiples lumières au néon accrochées au plafond. Une odeur de chocolat si forte qu'elle en devenait écœurante, s'infiltra dans les narines de Rom. Des bruits sourds et mécaniques envahissaient la pièce, et la fillette aperçut ce qui produisait des sons aussi inquiétants : une immense machine en acier trônait au centre de la pièce, grosse comme une voiture, avec des boutons de toutes les couleurs, des trappes par-ci, des leviers par-là, et des engrenages qui tournaient lentement en produisant des grincements stridents. À l'un des bouts de la machine se trouvait une immense cuve remplie de chocolat liquide. Il devait être très chaud, car une épaisse fumée s'en échappait. De l'autre bout surgissait un tapis roulant recouvert de gros œufs chocolatés. Rom comprit aussitôt : c'était là qu'on fabriquait les œufs de Pâques renfermant les redoutables[3] monstres en chocolat!

Elle vit alors le lapin de Pâques dans son beau costume. Il était chic avec son nœud papillon! Debout devant la cuve, il tenait entre ses pattes poilues une immense louche et brassait le chocolat chaud et mou dans le large récipient. Rom remarqua qu'il portait lui aussi ce mystérieux **7**…

Il y avait une autre porte à l'autre bout de la pièce. Mais pour s'y rendre, elle n'aurait pas le choix de passer devant le lapin. Que faire? Elle était trop petite pour l'attaquer! Rom se rappela alors un film qu'elle avait vu avec ses parents l'autre jour: *Les aventures de Rabbi Jacob*[4], un film tellement vieux qu'elle n'était même pas au monde lorsqu'on l'avait fait! Mais une scène l'avait beaucoup étonnée: à un moment, les méchants tombaient dans un énorme récipient rempli de gomme balloune, ce qui les avait empêchés de rattraper le héros.

Rom prit de grandes respirations, compta jusqu'à dix dans sa tête, puis se mit à courir, fonçant le plus vite possible vers le lapin, les mains tendues devant elle. Pendant quelques secondes, le lapin continua de brasser son chocolat, puis se retourna

---

3. Dangereux.
4. Film tourné en 1973 et mettant en vedette Louis De Funès, un grand comique du cinéma français.

au moment même où Rom l'atteignit de plein fouet. En criant, elle le poussa de toutes ses forces. Le lapin bascula vers l'arrière et… plouf! Il tomba dans la cuve pleine de chocolat brûlant! Rom ne prit même pas la peine de regarder dans quel état se trouvait le lapin et poursuivit sa course vers la porte au fond. Elle l'ouvrit, hésita un moment mais, en entendant les hurlements du lapin derrière elle, elle traversa enfin.

Cette fois, la pièce était immense, en pierre, humide et très sombre. Sur le mur était accrochée une imposante horloge, et les aiguilles indiquaient sept heures dix. Il y avait des cages partout, du plancher jusqu'au plafond. Et dans chacune d'elles se recroquevillait un pauvre petit enfant tout triste. Mais lorsqu'ils virent la petite fille s'approcher d'eux, les jeunes prisonniers appuyèrent leur visage sur les barreaux, les yeux soudain remplis d'espoir. Rom sentit son cœur bondir : ça y est, elle avait trouvé les enfants kidnappés par le père Noël! Tout à coup, elle entendit une voix l'appeler :

—Rom! Ici, Rom!

Dans un coin s'empilaient six cages les unes sur les autres. Dans la seconde, Nat faisait des signes à sa sœur à travers les barreaux. Folle de joie, Rom courut vers lui, mais Nat lui cria :

—Attention, Rom! Là-bas!

Elle s'arrêta et tourna la tête. Le père Noël s'approchait d'elle, la bouche pincée et les yeux menaçants. La fillette voulut retourner vers la porte, mais une autre surprise l'attendait : le lapin de Pâques venait d'entrer dans la salle, tout dégoulinant de chocolat fumant. Il paraissait très en colère, et ses deux longues oreilles frétillaient[5] de rage. Il leva ses deux pattes griffues et fonça vers Rom.

Effrayée, Rom courut vers la pile de cages. Les quarante-trois enfants se mirent à encourager la fillette tout en secouant furieusement les barreaux de leur prison. Rom grimpa sur une première cage et commença à monter. Lorsqu'elle arriva à la hauteur de la seconde, Nat, à l'intérieur, tendit la main vers elle et lui cria :

— Courage, Rom ! Tu es ca... ca... capable ! Je sais que tu... tu... tu peux nous sauver tous !

Rom tendit aussi le bras. Pendant une seconde, le frère et la sœur se serrèrent la main avec force en se regardant dans les yeux, émus. Mais le père Noël avait atteint la première cage et commençait à grimper à son tour. Rom reprit donc son escalade. La salle tout entière vibrait des encouragements des jeunes prisonniers.

— Vas-y, Rom ! criaient plusieurs.

— Tu es capable ! ajoutaient les autres.

---

5. Remuaient vivement.

Rom, maintenant à la troisième cage, commençait à se décourager : une fois en haut des cages, où irait-elle ? Elle pourrait sauter... Mais non, le lapin de Pâques l'attendait en bas ! Que faire ?

Le père Noël allait atteindre Rom bientôt... Mais lorsqu'il passa devant la seconde cage, Nat eut une idée. Il glissa ses mains entre les barreaux, attrapa le pendentif du père Noël et tira. Le visage du vieil homme se plaqua contre la cage.

—Les pendentifs, Rom ! hurla-t-il. Il faut leur arracher le **7** !

Rom entendit le conseil de son frère. Était-ce vraiment la bonne chose à faire ? Elle devait avoir confiance en Nat. Elle se laissa donc tomber en bas et atterrit sur le dos du lapin de Pâques. Surpris, l'animal tenta d'attraper la fillette, mais ses pattes pleines de chocolat étaient trop glissantes. Rom se saisit de son pendentif, tira de toutes ses forces et le cassa. Au même moment, Nat arrachait celui du père Noël. Aussitôt, le lapin et le père Noël poussèrent un cri strident et tombèrent sur le dos, comme s'ils s'évanouissaient.

Rom, qui était aussi tombée au sol, se releva rapidement, prête à se sauver s'il y avait encore du danger. Dans la cave, le silence était maintenant total, et tous les enfants observaient la scène avec angoisse.

Lentement, le père Noël et le lapin se relevèrent en clignant des yeux, comme s'ils se réveillaient d'un long sommeil. Le père Noël, ahuri, demanda :

—Que s'est-il passé ?

Et le lapin de Pâques, en frottant son museau, ajouta :

—Où sommes-nous, ici ? Et pourquoi suis-je recouvert de chocolat ?

—Ils ne sont plus méchants ! cria Rom. Ils sont redevenus normaux !

Tous les enfants crièrent de joie et applaudirent. Le lapin et le père Noël ne comprenaient toujours rien à rien et continuaient à jeter des regards hébétés[6] autour d'eux. Rom leur expliqua :

—C'est le méchant bonhomme Sept-Heures qui s'est servi de vous pour accomplir d'horribles choses !

—Ah oui, je me souviens maintenant ! s'exclama le lapin de Pâques. L'autre jour, le bonhomme Sept-Heures est venu me visiter dans mon usine de chocolat. Comme je déteste cet ignoble[7] individu, je lui ai ordonné de partir, mais il m'a mis de force un étrange pendentif... et je ne me souviens plus de rien !

—Moi aussi, j'ai eu la visite du méchant bonhomme Sept-Heures ! poursuivit le père Noël.

6. Étonnés.
7. Très mauvais.

Lorsqu'il est venu dans mon atelier de jouets, j'étais seul car tous mes lutins étaient partis se coucher ! Je lui ai dit de disparaître, mais il m'a enfilé ce bijou... J'ai ensuite perdu la mémoire, moi aussi !

— Ce **7** était maléfique[8], expliqua Nat. Il vous rendait méchants et vous obligeait à obéir au bonhomme Sept-Heures !

— La fée des dents ! se rappela alors Rom. Elle est là-bas, dans l'autre pièce, et elle a toujours son pendentif maléfique au cou !

— Je vais le lui enlever ! dit le lapin en marchant vers la porte.

Le père Noël alla décrocher une clé sur le mur en annonçant :

— Moi, je vais commencer à vous délivrer, chers petits enfants !

Il ouvrit la porte de la cage de Nat en premier, et le jeune garçon se lança dans les bras de sa sœur qui le serra avec force contre son cœur.

— Tu m'as sauvé, Rom ! Tu es la meilleure des petites sœurs !

Rom ne disait rien, trop contente.

Chaque fois que le père Noël ouvrait une cage, un enfant en sortait en gazouillant de bonheur. Au bout de dix minutes, une trentaine d'enfants étaient

---

8. Qui a une très mauvaise influence.

délivrés, heureux et soulagés. C'est à ce moment que le lapin de Pâques revint, inquiet.

— La fée des dents a disparu! expliqua-t-il. Elle a dû se sauver lorsqu'elle a vu que le père Noël et moi étions redevenus gentils!

— Il faut la retrouver! dit Nat. Allez à sa recherche autour de la maison, elle ne doit pas être loin. Moi, pendant ce temps, je vais continuer à déverrouiller les cages!

Le père Noël donna sa clé à Nat, puis il sortit dehors, accompagné du lapin de Pâques. Nat ouvrait les autres cages, tandis que sa sœur, inquiète, le suppliait de se dépêcher.

— Vite, Nat! Le bonhomme Sept-Heures peut revenir d'une minute à l'autre!

Nat faisait le plus vite qu'il pouvait. La sueur dégoulinait sur son visage tant il se concentrait. Enfin, il ouvrit la dernière cage, et tous les enfants, enfin délivrés, sautèrent de joie en se tenant par la main.

— Qu'est-ce qui se passe, ici, nom d'un os? cria alors une terrible voix de tempête.

Tous tournèrent la tête vers la porte: l'affreux Setteur était revenu! Il était là, avec ses deux sacs d'épicerie dans les mains, et observait la scène d'un air totalement incrédule[9].

---

9. Méfiant.

— Que faites-vous hors de vos cages, bande de petits crapauds ?

— Sauvez-vous tous ! crièrent aussitôt Nat et Rom.

Les enfants ne se le firent pas dire deux fois. En poussant des cris de guerre, ils foncèrent tous vers la porte, telle une immense vague humaine. Le bonhomme Sept-Heures voulut les arrêter, mais les fugitifs[10] étaient trop nombreux pour lui. Quarante-trois corps en action le renversèrent sur le dos et quatre-vingt-six petites jambes lui passèrent sur le ventre, tandis qu'il poussait des « ouille ! » et des « aïe ! » en se protégeant du mieux qu'il le pouvait. Les enfants montèrent l'escalier et sortirent tous dehors. Les deux derniers à passer sur Setteur étaient Nat et Rom, mais l'horrible méchant réussit à attraper la jambe droite de la fillette. Prise au piège, elle se mit à crier :

— Au secours ! À l'aide !

Nat, qui était sur le point de sortir de la cave, se retourna. Stupeur ! Sa sœur se trouvait entre les mains du monstre ! Le bonhomme Sept-Heures se releva en tenant Rom par la gorge et, le regard rempli de fureur et de haine, il cracha :

— Tout ça est de ta faute, sale gamine ! Tu vas me le payer cher !

10. Personnes qui s'enfuient.

Et il se mit à étrangler Rom, à serrer sa gorge de plus en plus. La fillette se débattait, mais c'était inutile. Les mains lui serraient la gorge avec tant de force qu'elle ne pouvait plus crier.

Nat, épouvanté, réfléchissait à toute vitesse. Il devait sauver sa sœur, mais comment ? Se battre contre l'immense Setteur serait inutile ! Que pouvait-il faire ? Une idée, vite, vite !

En vitesse, il bondit vers l'horloge dont les deux aiguilles arrêtées indiquaient toujours sept heures et dix.

Pendant ce temps, le bonhomme Sept-Heures continuait d'étrangler la fillette. Rom respirait de moins en moins, et ses yeux étaient écarquillés de terreur. Le monstre, avec un sourire cruel qui laissait voir ses dents jaunes et cariées, articula :

— Je ne pourrai pas tuer les autres, mais je vais te tuer, toi !

— Hé, Setteur ! cria Nat.

Le monstre tourna la tête. Nat appuyait de ses deux mains sur la petite aiguille. Le regard victorieux[11], il lança d'une voix triomphante[12] :

— C'est le temps de remettre ton horloge à la bonne heure !

— Noooonnnnn ! hurla le bonhomme.

---

11. Qui exprime la joie du succès.
12. Au comble du bonheur.

Trop tard: Nat poussa la petite aiguille vers le chiffre huit. Dans la cave, il était donc maintenant... huit heures et dix minutes!

Toujours en poussant ses cris de désespoir, Setteur commença lentement à s'évaporer, à se diluer, à s'effilocher, comme si une gomme à effacer invisible lui passait sur le corps. Ses mains, autour du cou de Rom, devinrent transparentes, puis sans force, et la fillette tomba au sol, enfin libérée. Le monstre ressemblait maintenant à un dessin de sable que le vent éparpillerait un peu partout. Sa peau disparut en premier, puis ses veines et ses artères... À la fin, il ne restait que son squelette, qui continuait de hurler... Enfin, il s'évapora complètement.

Le bonhomme Sept-Heures s'était désintégré.

Nat rejoignit sa sœur et l'aida à se relever. Rom reprenait son souffle en toussant, en caressant sa gorge toute rouge et douloureuse.

—Ça va, petite sœur?

Elle avait mal au cou, mais elle était saine et sauve. Elle serra Nat dans ses bras.

—Cette fois, c'est toi qui m'a sauvée!

Elle le regarda dans les yeux et ajouta avec fierté:

—Et as-tu remarqué? Tu n'as pas bégayé durant tout le combat!

Nat rit, fier de lui. Puis, les deux enfants obser-
vèrent avec dégoût l'horrible cave une dernière
fois.

— Sortons d'ici, proposa Nat. Allons rejoindre
les autres dehors.

En se tenant par la main, le frère et la sœur
franchirent la porte et laissèrent derrière eux les
cages maintenant vides.

Chapitre huit

... Comme huit heures

Noël. Il était huit heures, et le souper était terminé. Nat et Rom, assis devant le sapin, en pyjama, attendaient avec impatience, tandis que Papa Pat et Mère Sof, sur le divan, souriaient en les contemplant. Ils étaient tellement heureux depuis qu'ils avaient retrouvé leurs deux enfants ! Durant plusieurs mois, Nat et Rom étaient passés à la télévision et dans les journaux comme étant les héros qui avaient gagné contre le bonhomme Sept-Heures. Et maintenant, tout était rentré dans l'ordre, et ils allaient de nouveau vivre un Noël agréable !

—On pourrait jouer à un jeu de société, en attendant ? proposa Papa Pat.

—On n'aura pas le temps ! répondit Mère Sof d'un air amusé et découragé à la fois. Il est huit heures.

Tout à coup, une lumière brilla dans le foyer... et le père Noël apparut, à la grande joie des enfants ! Pendant une seconde, les deux parents se tinrent sur leurs gardes. Mais non, cette année, le père

Noël était tout à fait normal. Il riait et prenait les enfants dans ses bras en ouvrant son sac.

—Ho, ho, ho! Joyeux Noël! Tiens, Nat, voici tes cadeaux! Et les tiens aussi, Rom! Cette année, vous en avez un de plus, car c'est grâce à vous deux que je suis redevenu gentil!

Contents, Nat et Rom commencèrent à déballer leurs boîtes.

—Oups! Nous avons oublié vos biscuits et votre verre de lait! s'écria Papa Pat en se levant. Je vais les chercher!

—Je vais t'aider, approuva Mère Sof.

Tous deux allèrent à la cuisine.

—Et la fée des dents? demanda Rom au père Noël.

—Aucune nouvelle! répondit le vieil homme en grattant sa barbe. Le lapin de Pâques et moi l'avons cherchée partout: aucune trace.

—Elle porte donc toujours le bijou maléfique du bonhomme Sept-Heures? demanda Nat.

—Sûrement, oui.

—Mais puisque Setteur est dé... dé... désintégré, est-ce que le pen... pendentif fait encore effet? insista Nat qui, inquiet, bégayait quelque peu. La fée des dents est-elle en... en... encore méchante?

—Je ne sais pas, avoua le père Noël. Il faudra être prudent.

Les parents revinrent au salon, puis tout le monde s'amusa un moment. Le père Noël dut repartir pour livrer ses cadeaux aux autres enfants. Par la fenêtre, la famille observa son traîneau s'envoler dans le ciel.

—C'est le plus beau Noël de notre vie, dit Mère Sof, rayonnante.

Papa Pat et les enfants étaient bien d'accord!

Tout à coup, Rom porta les doigts à sa bouche et s'exclama:

—Oh! J'ai une autre dent qui branle!

—Hé! Ta deuxième! s'écria sa mère avec enthousiasme.

—Tu vas avoir la visite de la fée des dents bientôt, ma chanceuse! ajouta Papa Pat.

Sans dire un mot, Nat et Rom se regardèrent longuement, avec inquiétude.

FIN

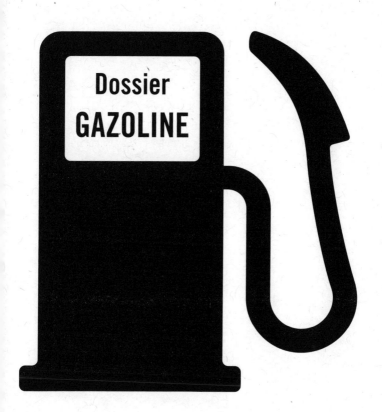

Dossier
GAZOLINE

Le dossier **GAZOLINE** a été réalisé grâce à la généreuse collaboration de Patrick Senécal, Annie Pronovost et Fabrice Boulanger.

Dossier
GAZOLINE

Qu'est-ce qu'un roman d'épouvante ?

Quand on amorce la lecture d'un livre, on espère qu'il nous procurera des émotions inattendues et nous fera vivre, à travers les personnages, des aventures de toutes sortes. Le roman *Sept comme Setteur* est un roman d'épouvante, il a donc pour but de provoquer chez ses lecteurs une émotion très précise : la peur !

Patrick Senécal utilise un moyen extraordinaire pour faire peur à ses lecteurs : il transforme en éléments menaçants des objets ou des personnes qui représentent en général le bonheur et la sécurité. Ainsi, il y a dans le roman de Senécal trois personnages qui, normalement, aiment les enfants et sont synonymes de moments heureux et de fête : le père Noël, le lapin de Pâques et la fée des dents. Dans le roman, ils deviennent tout à coup méchants et cruels. Ils bouleversent des familles en volant des enfants, en les torturant et en formant le projet de les tuer ! C'est effrayant !!! Senécal va même jusqu'à nous rendre le chocolat de Pâques, cette délicieuse friandise, terriblement répugnant[1] !

---

1. Dégoûtant.

Les auteurs de romans, les créateurs de films ou de pièces de théâtre, disposent de ce qu'on pourrait appeler un « code » pour nous effrayer. Il s'agit d'éléments qui sont souvent associés aux histoires d'horreur : les chauves-souris, les têtes de mort, les outils tachés de sang, les sous-sol humides, les maisons lugubres, les portes grinçantes, la nuit, etc. Dans le roman d'épouvante, la description des lieux où se déroule l'action est très importante. L'auteur fait souvent ce travail en début de chapitre. Par exemple, le cinquième chapitre de *Sept comme Setteur* commence par la description des lieux où se retrouve Rom à la sortie du nuage de la fée des dents. Remarque les mots souligné<u>s</u>. Ce sont eux qui confèrent l'ambiance d'épouvante au texte :

> Prenant son courage à deux mains, la fillette marcha vers la maison. <u>Aucune lumière</u> ne provenait de l'intérieur, mais plus elle approchait, plus Rom trouvait la demeure vraiment <u>sinistre</u> : tout en bois <u>noir</u> et <u>craquelé</u>, avec des fenêtres <u>sales bouchées</u> par de <u>vieux</u> rideaux… Comment la fée des dents pouvait-elle habiter un endroit si <u>lugubre</u> ?

Pour créer une ambiance particulière, l'auteur interpelle aussi les sens[2] du lecteur. Lorsque Rom

---

2. Les cinq sens : la vue, l'ouïe, l'odorat, le toucher et le goût.

entend venir le bonhomme Sept-Heures dans l'escalier, c'est l'ouïe qui est mise à contribution. Dans la salle où se trouvent les cages, Nat est frappé par « l'haleine atroce du méchant homme, comme si Setteur avait mangé des rats morts. » Dans cet autre exemple, Patrick Senécal veut bien nous faire comprendre l'horreur de la situation des jeunes prisonniers :

Il s'approchait parfois des cages pour distribuer la nourriture. Et quelle nourriture ! De la viande crue, si molle qu'on s'étouffait presque en la mastiquant, et de l'eau tellement gluante qu'elle donnait envie de vomir !

Avons-nous envie de goûter à ce menu ? Beurk ! Jamais de la vie !

A.P.
P.S.

Le bonhomme Sept-Heures

Le bonhomme Sept-Heures est un personnage légendaire[1] au Québec. Pendant longtemps, les parents ont utilisé ce personnage pour faire peur aux enfants désobéissants : « Si tu ne fais pas ce que je te dis, le bonhomme Sept-Heures viendra te chercher. » La menace était souvent utilisée pour mettre les enfants au lit : ceux qui n'étaient pas couchés après sept heures du soir couraient le risque de finir dans le grand sac de l'horrible personnage. Il n'existe aucune véritable description du bonhomme Sept-Heures, ce qui permet à chacun de s'en faire sa propre image effrayante. Dans son roman, Patrick Senécal le présente comme « un homme affreux, habillé de vieux vêtements sales et déchirés, avec une grosse barbe noire, des dents jaunes et pointues et des yeux rouges ».

Certains croient que le nom du bonhomme Sept-Heures serait une déformation de l'anglais *bone-setter*[2], qui signifie « rebouteux » ou « ramancheur ».

---

1. Célèbre.
2. Littéralement, celui qui replace les os (en anglais, *bone* signifie os).

C'est d'ailleurs pour cela que Patrick Senécal donne le nom de monsieur Setteur au méchant barbu de son roman, et qu'il lui fait dire, à plusieurs reprises : *nom d'un os !* Traditionnellement, dans les campagnes, le ramancheur était en effet un homme qui, sans être médecin, traitait les fractures ou les entorses par des manipulations souvent douloureuses. Comme il arrivait que les personnes ainsi traitées par le ramancheur hurlent pendant ces douloureux traitements, cela effrayait les enfants du voisinage, qui étaient portés à croire que le ramancheur était méchant. Les parents auraient peut-être exploité cette peur et menacé les enfants qui n'étaient pas sages de faire venir le ramancheur — ou *bone-setter* — s'ils n'obéissaient pas. Au fil du temps, la menace du *bone-setter* serait devenue celle du bonhomme Sept-Heures… Cette explication est cependant contestée par plusieurs, surtout parce qu'il existe dans certaines régions de France un bonhomme Basse-Heure…

En effet, il existe des personnages très semblables au bonhomme Sept-Heures dans l'imaginaire de presque tous les pays. Il prend, selon les pays, des formes et des noms différents. En France, dans plusieurs régions, il s'agit du Croque-Mitaine. En Gascogne, par exemple, la *Cambacrusa* (nom qui signifie jambe crue !) se présente sous la forme d'une jambe nue avec un œil au genou… Ailleurs, c'est le père Fouettard qui joue à peu près le même rôle que le bonhomme Sept-Heures : il accompagne le père Noël et fouette les enfants désobéissants pendant que le père Noël distribue les cadeaux aux enfants sages…

A.P.

Le dialogue

Un dialogue, c'est une conversation entre deux personnes. On le reconnaît dans un texte grâce au tiret qui précède chaque réplique :

— Qu'est-ce que tu fais ?
— J'écris.

Le dialogue occupe une place très importante dans une histoire. Il est un bon outil pour déterminer les caractères des personnages et rend le récit plus vivant. Il permet aussi de varier la façon de raconter une histoire en prenant parfois le relais de la description. Pour toutes ces raisons, l'auteur doit accorder un soin particulier à la rédaction de ses dialogues.

Le dialogue répond à certaines fonctions précises dans une histoire. En voici quelques-unes :

1. Le dialogue **révèle le caractère** du personnage qui parle. Par exemple, le bonhomme Sept-Heures dit :

— Vous serez tous emballés dans de beaux cadeaux que le père Noël ira déposer sous le sapin de votre maison !

Par cette réplique, il révèle toute sa méchanceté !

2. Le dialogue sert aussi à **montrer la relation** qu'entretiennent certains personnages entre eux. Au début de l'histoire, Rom et Nat se chamaillent pour choisir un jeu de société : ce dialogue montre leur relation de frère et sœur :

 — On joue aux Colons de Catane ! proposa Rom.
 — On joue à Scotland Yard ! lança Nat.
 — Non, aux Colons de Catane !
 — Non, à Scotland Yard !
 — Je l'ai dit en premier !
 — Mais c'est moi le plus grand !

3. Le dialogue peut également servir à **faire avancer l'action**. Lorsque Rom discute avec le boulanger, elle pose des questions qui l'aident à progresser dans sa recherche :

 — Heureusement, on ne le voit pas souvent, ajouta le commis. Il ne sort de sa maison qu'après sept heures du soir.
 — Pourquoi ? demanda Rom.
 — On ne sait pas, fit le commis. Tout ce qu'on sait, c'est qu'il ne sort de chez lui qu'entre sept et huit heures du soir.

Les répliques des personnages dans un roman sont souvent suivies d'une petite phrase qu'on appelle une **incise**. Il s'agit la plupart du temps d'un verbe qui indique la façon dont le personnage a prononcé les paroles qui précèdent (*... marmonna-t-il*; *... cria-t-il avec rancœur*; *... répondit le vieil homme en grattant sa barbe*; *... s'écria sa mère avec enthousiasme*). Les incises indiquent le ton du personnage, ou bien un geste qu'il fait en parlant, ou bien encore le sentiment qui l'habite au moment où il prend la parole; elles permettent au lecteur de voir la scène telle que l'auteur l'a imaginée. Ou presque.

Le dialogue a parfois lieu dans la tête d'un personnage qui se parle à lui-même. C'est ce qu'on appelle un **dialogue intérieur**. Dans le roman *Sept comme Setteur*, Rom est souvent toute seule, parce que son frère a disparu. Comme personne ne l'accompagne dans ses recherches, elle se motive donc à faire des gestes qui lui font peur en s'adressant à elle-même en pensée. Par exemple, quand elle décide d'arracher sa dent qui branle pour avoir la visite de la fée des dents et ainsi être capable de la suivre jusqu'à Nat, elle s'encourage:

Elle compta: 1, 2, 3, 4, 5, 6... 7... 8... 8 et demi...
Courage, Rom, courage!
... 9... et 10!

Quand le bonhomme Sept-Heures la poursuit avec sa hache, elle se dit en elle-même qu'elle est en train de rêver : « Mon Dieu, c'est un cauchemar, je vais me réveiller, il faut que je me réveille ! » Puis, une fois qu'elle a échappé à l'affreux barbu, elle se pose à elle-même des questions :

Rom réfléchit : quelque chose devait empêcher cet homme de sortir, mais quoi ? En tout cas, Nat et les autres enfants devaient sans doute se trouver prisonniers dans cette maison... Mais comment y entrer sans se faire prendre ?

Le dialogue est un outil que la plupart des auteurs de romans utilisent ici et là pour mettre en scène leurs personnages. Dans un texte de théâtre ou dans un scénario de film, il n'y a pratiquement que des dialogues. Patrick Senécal est aussi scénariste[1] : il connaît très bien l'art du dialogue !

A.P.

---

1. Patrick Senécal écrit des scénarios pour le cinéma.

Le dénouement

Voici l'un des grands principes que tous les auteurs doivent respecter : les éléments semés au fil d'une histoire doivent être récoltés plus tard. C'est cette « récolte » qu'on appelle le dénouement. Voici un exemple simple d'une très courte histoire comique : quelqu'un lance une pelure de banane. Comment cela va-t-il se terminer ? Un passant glisse sur la pelure. Est-ce que tu t'attendais à ce dénouement ? Oui ! Il était prévisible !

Prenons l'exemple des horloges arrêtées dans le roman *Sept comme Setteur*. On en voit déjà une au chapitre deux, dans la salle où les enfants sont retenus prisonniers : elle indique sept heures et dix. Puis, Rom en découvre une autre au chapitre cinq, dans le salon de monsieur Setteur : elle indique sept heures et quarante. Lorsque Rom apprend du boulanger que l'affreux barbu ne sort de chez lui qu'entre sept et huit heures du soir, le lecteur se rappelle tout de suite ces horloges. La révélation de l'identité du bonhomme Sept-Heures ne tombe donc pas du ciel, puisque des indices avaient déjà été semés plus tôt dans le récit pour mettre le lecteur sur la piste. Le même principe est utilisé pour les pendentifs que portent les trois personnages devenus méchants. Rom remarque le bijou du père Noël dès le premier chapitre… mais ce n'est que beaucoup plus tard, au moment de libérer les enfants, qu'elle comprend l'utilité de ce bijou.

Les personnages et les situations évoluent pendant une histoire, et le dénouement nous permet d'évaluer les changements. Par exemple, dans le premier chapitre, le père Noël est présenté comme étant méchant. La scène finale est presque identique à la scène d'introduction. Cependant, cette fois, le père Noël est tout à fait normal. La boucle est bouclée : pendant l'année qui vient de s'écouler, Nat a disparu et a été retrouvé, le père Noël qui était méchant est redevenu gentil, et la famille brisée est de nouveau réunie. On peut dire que *Sept comme Setteur* présente un dénouement heureux !

Mais… Qu'est-il advenu de la fée des dents ? Voilà la seule question à laquelle le dénouement ne répond pas. Quand un écrivain laisse ses lecteurs avec une question, c'est peut-être qu'il a l'intention d'y répondre dans un prochain roman…

A.P.

Les livres et le cinéma
selon la famille Senécal

Ce livre n'est pas mon premier roman. J'en ai écrit sept autres (!), mais *Sept comme Setteur* est mon premier roman pour la jeunesse. Mes deux enfants, Nathan et Romy, me demandaient souvent s'ils pouvaient lire mes romans, et je leur répondais que non, ils ne pouvaient pas, parce que mes livres étaient des livres d'horreur pour les grands. Ils ont fini par me dire : « Tu devrais écrire une histoire pour nous ! » C'est comme ça que l'idée de *Sept comme Setteur* est née.

Par contre, j'ai lu beaucoup de livres à mes enfants quand ils étaient petits. Les deux collections qu'ils adoraient étaient « Les petits monstres » et la série des « Monsieur, Madame ». Je leur ai lu très souvent aussi le livre *C'est dégoûtant !*

Maintenant, ils lisent seuls avant de se coucher. Romy a eu un coup de foudre pour le livre *Princesses oubliées ou inconnues*, et Nathan a adoré *La vie secrète des Monstres*.

Nathan a aussi découvert récemment la bande dessinée, en particulier Astérix. Je suis bien content, car j'étais moi-même un maniaque d'Astérix quand j'étais jeune.

Je leur fais aussi découvrir beaucoup de films. Bien sûr, il y a les incontournables : *Histoire de jouets, Monstres inc., Ratatouille, Harry Potter, Spiderman...* Mais j'essaie aussi de leur faire découvrir d'autres genres, parfois de très vieux films. Par exemple, je leur ai proposé *Le jouet*, un vieux film français avec Pierre Richard, qui parle d'un enfant-roi. Ils ont adoré. Ils ont aussi regardé *Les aventures de Rabbi Jacob*, une vieille comédie avec Louis De Funès. Et l'autre jour, nous avons écouté le classique des films québécois pour enfants : *La guerre des tuques*. Pour moi, le meilleur film d'animation est *Le Noël de monsieur Jack*, un chef-d'œuvre que tous les enfants devraient posséder à la maison !

Philippe LECHERMEIER et Rébecca DAUTREMER, *Princesses oubliées ou inconnues*, Paris, Gautier-Languereau, 2004.

GIBERT, Bruno, *La vie secrète des monstres*, Paris, Palette, 2006.

PITTAU, Francesco et Bernadette GERVAIS, *C'est dégoûtant !*, Paris, Seuil jeunesse, 2002.

Collection « Les petits monstres », chez Mango jeunesse.

Série « Monsieur, Madame », chez Hachette jeunesse.

Série « Astérix », chez Hachette.

P.S.

Patrick Senécal
Écrivain

Patrick Senécal est né à Drummondville le 20 octobre 1967. Sa mère est caissière dans une banque, son père travaille dans une usine. Même si son père est très sportif, Patrick s'intéresse très peu aux sports et préfère écrire des histoires dès qu'il sait tenir un crayon. Voilà qui est bien mystérieux !

Dès l'âge de huit ans, il crée des bandes dessinées et les fait lire aux amis de son quartier. Vers les onze ans, il réalise que ses talents de dessinateur sont limités et se met à écrire des histoires courtes, qu'on appelle des nouvelles. Déjà, ses premières histoires sont peuplées de monstres et remplies d'épouvante.

À l'école secondaire, il adore le français et déteste les mathématiques. Il n'est pas très populaire auprès des filles, ni auprès des garçons « cool » de l'école ; mais on l'aime bien quand même car il participe à des spectacles, fait le clown et écrit des histoires qui font le tour des classes. Il est cependant très turbulent, et ses professeurs l'envoient souvent rendre visite au directeur. Heureusement, il a de bonnes notes, ce qui lui évite bien des problèmes.

Vers l'âge de quatorze ans, il commence à écrire des romans d'horreur sur sa vieille dactylo. Au cégep, il étudie d'abord les sciences dans le but de devenir médecin, mais il s'aperçoit rapidement que ce n'est pas du tout sa place. Il change donc de programme et étudie en arts et lettres. Il se lie d'amitié avec des « rockers » et forme avec eux un groupe de musique heavy metal dont il est le chanteur.

Lorsqu'il commence ses études de littérature à l'université, il a déjà écrit cinq romans… qui n'ont jamais été publiés et dorment au fond de son placard. Avec des amis, il forme un groupe d'humour, les *Sauf-Pantalons*, qui durera quelques années.

Ce n'est qu'en 1994, à vingt-sept ans, alors qu'il enseigne le français et le cinéma au cégep de Drummondville, que Patrick ose enfin soumettre un roman à un éditeur. Le manuscrit est accepté ! C'est ainsi que commence sa carrière littéraire. En treize ans, il publiera sept romans pour adultes. En 2003, un film d'horreur est tiré de son roman *Sur le seuil*. Patrick écrit à plein temps depuis quatre ans et trouve quand même l'énergie pour donner un cours par semaine au cégep de Drummondville.

Patrick adore ses enfants, sa blonde Sophie, les livres, le cinéma, les jeux de société, la nourriture et les soirées entre amis. Il déteste le bricolage, les gens

qui passent trop vite en voiture sur sa rue, les injus-
tices, la télé-réalité, ses allergies, le son de sa propre
voix et les betteraves.

P.S.

Patrick Senécal

Table des matières

DANS LA MÊME COLLECTION :

leseditionsdelabagnole.com

GARANT DES FORÊTS
INTACTES

CE TROISIÈME TIRAGE A ÉTÉ ACHEVÉ D'IMPRIMER
EN AVRIL 2010
SUR LES PRESSES LEBONFON
À VAL-D'OR, QUÉBEC
SUR PAPIER ENVIRO 100 % RECYCLÉ